I0659997

Cat: denyou : 1768 1.

LES
BARONS
FLECHOIS,
COMEDIE.

Repreſentée ſur le Theatre Royal de
Saint Germain en Laye.

A PARIS,
De l'Imprimerie de C. BLAGEART, ruë de la
Vieille-Bouclerie, au Bout du Pont S. Michel,
à la Reyne des Reynes.

M. DC. LXVII.
AVEC PRIVILEGE DV ROY.

A TRES-NOBLE
ET TRES-ILLVSTRE SEIGNEVR
MESSIRE GABRIEL
DV PVYDVFOV,
ET DE CHAMPAGNE,
CHEVALIER, DAVPHIN DE
Combronde, Premier Marquis &
Gentilhomme de la Prouince d'Au-
uergne, Prince de Pefchefeul, Con-
feiller du Roy en fes Confeils.

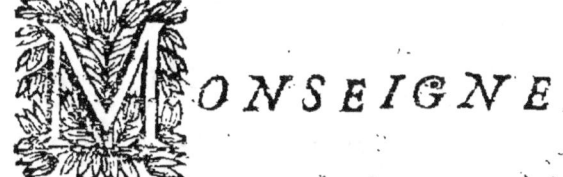ONSEIGNEVR,

Voicy des Barons de nou-
uelle fabrique que ie vous pre-
fente; des Barons dont la reputation eft auffi bien établie
à Paris, que celle du Mar-

á ij

EPISTRE.

quis de Mascarille, & du Baron de la Crasse; & l'on peut dire auec verité, que c'est toute la gloire de nostre France, le charme de la Cour, l'honneur du Theatre, le plaisir des honnestes Gens, & la risée du Public. Si l'on juge ordinairement de l'excellence d'vne Piece par l'applaudissement qu'elle reçoit des Spectateurs, ie suis asseuré que celle-cy doit estre dans vne estime toute extraordinaire, puis que Nostre Grand Monarque en a fait luy-mesme l'éloge, & à son exemple toute la Cour: Mais ie ne serois

EPISTRE.

pas encore satisfait, MON-
SIEVR, si vous n'y donniez
vos approbations, connoissant
comme vous faites les choses
les plus rares du monde, ainsi
que le merite de ces Messieurs
qui sont dans vostre voisinage.
Ie ne craindray donc pas d'estre leur Introducteur aupres
de vous, & de les mener jusqu'à vostre Cabinet, m'ayant
receu si fauorablement dans
vostre Chasteau, en cette belle &
charmante Solitude du May-
ne, où regne la paix de l'Esprit;
& si ie ne me trompe, ie m'a-
perçoy que ces Barons ont tant
d'enuie de vous diuertir, qu'ils

EPISTRE.

ont laiſſé depuis peu l'épée chez eux : Ce ne ſont plus ces meſmes Barons autrefois ſi terribles; leur habit de couleur modeſte fait voir que pour voſtre reſpect, ils vont faire vne action d'humilité qu'ils n'ont iamais faite pour perſonne. Ie voy déja qu'ils vous font la reuerence pour commencer leur diſcours; c'eſt ce qui m'oblige de mettre fin à mon compliment, pour les laiſſer parler, demeurant,

MONSIEVR,

Voſtre tres-humble & tres-obeïſſant Seruiteur,
H.L.N. Aduocat en Parlement.

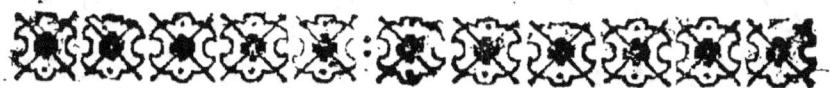

AVERTISSEMENT.

SI i'auois eu à reprefenter fur la
Scene tous les Barons Flechois,
ou ceux qui fe piquent de l'eſtre, il
eſt certain que les quatre Troûppes
de Comediens qui font à Paris n'auroient pas eſté fuffifantes , & que ce
grand nombre d'Interuenans & d'A-
cteurs auroit gaſté par fa confufion
toute l'Intrigue & la beauté du Theatre. Il a donc fallu me reſtraindre
malgré moy, & faire vn choix de cinq
ou fix des principaux & des plus appa-
rens, pour en donner le diuertiſſement au Public. Peut-eſtre que quelque bouru Critique, ou ridicule Cen-
feur, voudra épiloguer cette Piece, &
dire qu'elle n'eſt pas felon le sRegles
auſteres du Theatre, qui veulent que
la Comedie foit diuifée en cinq Actes;
mais à telle objection la réponfe eſt
facile, puifqu'il eſt vray que ce genre

d'écrire eſt aujourd'huy le plus vſité,
& le plus ſelon la mode ; & d'ailleurs
ie ne pretens pas que cette Piece paſſe
pour autre que pour vne Farce, côm-
me celle du Baron de la Craſſe, &
quantité d'autres qui ne ſeruent au
Theatre que de diuertiſſement Comique : mais afin de rendre juſtice à
tous ces Barons de Baronnie chime-
rique, & les coppier à mon gré, ie me
ſuis impoſé vne loy que i'obſerueray
tres-religieuſement. On ſçait que ces
Meſſieurs font ordinairement grace à
tous ceux qui les regalent, & qu'ils
font fort frians d'vn bon repas ; auſſi
ie pretens comme vn fidele Amy leur
en preparer vn qui ſoit dans l'ordre,
& dans lequel on n'aura point de reproche à me faire. Cette petite Comedie ſera le potage & l'entrée du
Feſtin ſeulement comme l'on dit,
pour leur ouurir l'appetit, & leur dé-
graiſſer les dents. Vn Roman que ie
leur medite ſera le corps de ce ſolide
repas, dans lequel ie feray voir quel eſt

AVERTISSEMENT.

l'efprit de cette petite Ville Coppieu-
fe ; le Succez des Amours de tous ces
Barons, la Methode qu'ils y obfer-
uent, comme auffi leurs Portraits en
general & d'vn chacun en particulier,
& generalement toute l'Intrigue du
Païs ; & pour deffert, ie leur prefen-
teray vne autre Comique de plus lon-
gue haleine, intitulée *les Barons &*
l'Anti-Baron, dont le plus beau des
Theatres fe verra encore honnoré
pour la feconde fois. Si quelqu'vn eft
affez curieux pour fçauoir la raifon de
cecy, il fçaura que *nemo quietum, impune*
laceffit ; ce qui veut dire en François,

> *Tel réueille le Chien qui dord,*
> *Qui gagneroit plus de fe taire ;*
> *Quand il dord, il ne peut mal faire,*
> *Mais éueillé fouuent il mord.*

On ne doute point que le Poëte Fouf-
fard ne fuë à groffes goutes pour donner icy quelque mot d'auis à fon ordi-
naire ; c'eft auffi où ie l'attens, afin de
me feruir de fes propres armes pour le
combattre & pour le vaincre, comme

AVERTISSEMENT.

ie m'en suis déja seruy en vne fauſſe Lettre qu'il a écrite à vn Amy ſupoſé *ſur le Sujet du petit Poëte Oronte*, laquelle m'eſt heureuſement tombée entre les mains; & pouruëu que la médiſance qui luy eſt naturelle ne ſoit point de la partie, on luy permet d'vſer de repliquе, car en ce cas il n'a qu'à ſe preparer à jouër encore vn Perſonnage tout neuf dans la Comedie qui me reſte à faire, où i'eſtime qu'il n'aura pas mauuaiſe grace à repreſenter vn Capitan, apres auoir ſi bien fait le Poëte en celle cy. Vn plus temeraire oſeroit peut-eſtre dire que le Ciel a trauaillé de concert auec moy, en me ſuſcitant l'occaſion de cette Lettre qui eſtoit abſolument neceſſaire à mon ſujet, & qui m'a eſté liurée par ſon plus fidele Amy & ſon bon Confident; car qui pourroit imaginer qu'vn Baron Flechois qui ne m'auoit iamais veu, me ſoit venu trouuer à Paris au retour d'vn Voyage d'Italie, pour me bailler cette Lettre, qu'il auoit pris la

AVERTISSEMENT.

peine de porter si loin? mais tellement
vsée & déchirée, que ce fut à moy vn
espece de miracle de l'auoir pû lire.
Le respect que i'ay pour cé grand Autheur ne me permet pas de rien sup-
primer de ses Ouurages, & i'auois re-
solu de la mettre au bout de ce Liure,
mais ayant appris que depuis peu il en
auoit fait liberalité à tout le monde, il
a si bien sceu me preuenir en ce des-
sein, qu'il m'en a luy-mesme épargné
la peine. Ie supplie donc tres-hum-
blement tous ceux qui ont leu cette
Lettre, de la relire auec attention,
d'en considerer le spirituel, s'il y en a,
& de la confronter en suite auec la seconde Scene de cette Piece; ils ver-
ront que c'est vne version toute pure
& conforme à cette belle Lettre, tout
autant que la rigueur de la Poësie se
peut accommoder auec la Prose.

ACTEVRS.

CLEANDRE, Flechois, Amy de Clidamis.

CLIDAMIS, Amy de Cleandre.

IOVVELIN,

POLEANDRE, } Barons Flechois.

AMINTE, Poëte & Baron Flechois.

NICODEME, Amy & Confident d'Aminte.

LE COMTE DV BEL AIR.

LE BARON TESTE-BOEVF, Amy du Comte.

PAVLINE, Dame Flechoise, Mere de Celimene.

CELIMENE, Fille de Pauline.

VN LAQVAIS.

La Scene est à la Fleche.

LES
COPPIEVX
DE LA FLECHE,
OV
LES BARONS FLECHOIS.
COMEDIE.

ACTE VNIQVE.
SCENE PREMIERE.

CLEANDRE, CLIDAMIS, *entrent sepa-
rément par les deux coins du Theatre.*

CLEANDRE.

EST-CE vous, Clidamis, est-ce vous que
ie voy?
Ne m'abusay-je point?

CLIDAMIS *en luy donnant sa main.*

Non, Cleandre, c'est moy.

CLEANDRE.

Depuis vne heure & plus, en tous lieux ie te cherche,
Et ie suis bien rauy de te voir à la Fleche.

A

Tu viens donc nous reuoir?

CLIDAMIS.

Ie ne m'en puis laſſer.

CLEANDRE.

On m'a bien dit auſſi qu'on t'auoit veu paſſer,
Et depuis ce moment i'ay fait cent tours de Ville
Pour te rencontrer, mais....

CLIDAMIS.

Ta peine eſt inutile,
Tu n'auois qu'à venir tout droit, pour le certain,
En mon Hoſtellerie.

CLEANDRE.

Où?

CLIDAMIS.

C'eſt à Saint Martin.

CLEANDRE.

Loge-tu toûjours là?

CLIDAMIS.

Toûjouts chez Robiniere,
Ie m'y trouue fort bien.

CLEANDRE.

Sa Femme eſt vn peu ficre,
Mais tu peux la charmer par de l'aigent comptant.

CLIDAMIS.

Quoy qu'il en ſoit, Amy, i'en ſuis aſſez content:
Et pour en mieux ſortir, ie te donne parole,
Que i'y ſacrifiray plutoſt quelque Piſtolle,
I'entens, de ſur-écot pour traiter mes Amis,
Autrement....

CLEANDRE.

I'entens bien : mais mon cher Clidamis,
Ie crains auec raiſon, que ton humeur affable
Ne ſe laſſe à la fin de nous preſter ta table,
Car tu nous as déja traité plus de vingt fois.

CLIDAMIS.

C'eſt mó plus grãd plaiſir,ce ſont tous mes ſouhaits;
Et ſans la ſotte humeur de vos Barons Critiques,
Qui font les Eſprits forts, & les grands Politiques,
(Quoy qu'on puiſſe à bon droict les apeller des Sots)
J'aurois continué tres-ſouuent nos écots:
Mais à toûjours donner, & iamais ne rien prendre,
Ma liberalité commence de ſe rendre.

CLEANDRE.

Tu connois mal encor l'eſprit de nos Flechois,
Ils ſont mieux entendus, plus ruſez, plus matois,
Et plus intereſſez encor que tu ne penſes.
Tel ſouuent qui te vient faire des reuerences,
Qui t'aſſeure en jurant, qu'il te voudroit ſeruir,
Eſt vn Homme apoſté, qui cherche à te trahir;
Dans ſon deſſein caché, s'il te rend quelqu'office,
C'eſt pour....

CLIDAMIS.

Ah! ie t'entens, pauureté n'eſt pas vice:
Mais il en faut vſer en vrais Cœurs genereux.

CLEANDRE.

La generoſité ne loge pas chez eux;
Et ſi l'on leur reproche vne filouterie,
Ils diſent hautement que c'eſt galanterie:
Comme ils ſont tous Parens, tous Amis, tous Filous,
La lâcheté de l'vn, eſt l'ouurage de tous:
Chacun au Carrefour entreprend & s'applique,
Pour mettre à qui mieux mieux ce métier en prati-

CLIDAMIS. (que.

Mais ils déuroient rougir, de paſſer pour fripons.

CLEANDRE.

N'importe, c'eſt ainſi que viuent nos Barons;
Et ce n'eſt pas encor la moindre de leurs taches.

A ij

CLIDAMIS.

Que peut-on dire encor contr'eux?

CLEANDRE.

C'eft qu'ils font lâches,
A tel poinct, que cela me fait prefque enrager,
Iufqu'à fe mettre vingt contre vn pauure Etranger,
Encor le veulent-ils auoir à l'auantage;
Et pour y reüffir, tout eft mis en vfage:
Les Maiftres, les Valets, & tous les Ecoliers,
Et nos Barons Flechois, & les Feffe-cahiers,
Se liguent par enfemble, & font des embufcades;
Pour vne lâcheté, tous fe font Camarades:
C'eft vn Monftre à fept teftes, vn Hydre renaiffant
En attaquer vn feul, c'eft en attaquer cent;
Et lors qu'ils ont donné deux mille coups d'Epées,
La brigue fe diffipe, & reprend fes brifées.

CLIDAMIS.

De ces indignitez ie prens peu de foucy.

CLEANDRE.

Tu ne fçais pas encor comme on en vfe icy,
Mais on dit que le têps aprend beaucoup de chofes;
Tu verras tous les jours telles metamorphofes,
Que tu feras contraint d'auoüer à ton tour,
Que tu n'en vis iamais de femblables à la Cour.

CLIDAMIS.

A ce difcours confus, ie ne puis rien comprendre.

CLEANDRE.

Veux-tu bien m'écouter?

CLIDAMIS.

Oüy.

CLEANDRE.

Ie vay donc t'apprendre
D'étranges veritez, & qui, comme ie croy,
Ne font jufqu'à prefent ignorées que de toy:

N'as-tu pas oüy parler des Coppieux de la Fleche?

CLIDAMIS.

C'eſt faire à leur honneur vne effroyable breche,
Et ſi tu perſeuere à m'en apprendre tant,
I'auray lieu de te croire à la fin médiſant,
Et ie ſoupçonnerois quelque Serpent ſous l'herbe.

CLEANDRE.

Cecy, depuis longtemps, par tout paſſe en Prouerbe,
Et ie ne te dis rien qui ne ſoit approuué.

CLIDAMIS.

Soit Baron, ſoit Marquis, ſoit vn Comte trouué,
Comte, Baron, Marquis, ou Fable que tu forges,
Ie veux bien.....

CLEANDRE.

Reuiens-tu des Païs d'Allobroges,
Diſciple mécreant du Protecteur d'icy? *
Pourquoy t'opiniâtrer auant d'eſtre éclaircy?
Pourquoy ne veux-tu pas que ie te faſſe entendre?
Et pourquoy....   * S. Thomas Parroiſſe de la Fleche.

CLIDAMIS.

C'eſt aſſez, parle ſans plus attendre,
Ie te preſte ſilence, & te jure ma foy,
Que tu ne ſeras plus interrompu par moy.

CLEANDRE.

Sçache, qu'en cette gueuſe & miſerable Ville,
L'Homme le plus parfait paſſe pour mal-habile,
Que tous les Gens d'eſprit, & les plus éclairez,
Par nos Barons Flechois ſont icy cenſurez:
Fuſſe le plus poly, le mieux mis, le plus leſte,
Le plus ſelon la mode, on luy rendra ſon reſte.
Porte-t'on Bas vnis, porte-t'on grands Canons,
On n'eſt pas aſſuré de plaire à nos Barons:
Si l'on va ſans façon, ils diſent que c'eſt feinte,
Si l'on marche bié droit, c'eſt par trop de côtrainte.

A iij

Qu'on cache ses defauts, qu'on est estropié,
Quoy que tu fasse enfin, tu te verras coppié;
Et dans deux jours au plus, ils feront ie t'assûre,
De tes vices inconnus, vne iuste peinture;
Car nous auons icy (mais sans l'auoir cherché)
Vn Peintre clairvoyant, à qui rien n'est caché,
Aminte le subtil, de qui la veine plate
Infecte le Païs (ie te veux dire éclate.)
Pense-tu que ce soit vn Poëte d'*Auribus*,
Ou quelque malotru Professeur de *Bibus*?
Il ne cede à pas-vn, c'est vn Corneille en herbe,
Il surpasse Ronsard, Boyer, Quinault, Malherbe;
Ses écrits valent mieux qu'vn Ragoust plein de sel,
Bref, c'est vn vray Pedan, vn Homme vniuersel,
Qui sçait également la Prose & la Satyre,
Qui sçait parler par cœur, lire, imprimer, écrire,
Et qui force de lire, & faire des écrits,
Renferme en son Esprit tous les plus beaux Esprits:
Sa conuersation, & sa douceur extréme,
Poliroit sur le champ l'inciuilité méme;
C'est vn Braue acheué, bref vn Héros du temps,
Qui feroit au besoin peur aux petits Enfans;
Et ie croy sur ma foy, tant il est redoutable,
S'il estoit en humeur, qu'il feroit peur au Diable.
Voila du digne Aminte vn Crayon imparfait;
Reste à toy d'en juger, par, ce qu'il n'a pas fait.

CLIDAMIS.

La curiosité me porte à le connoistre,
Et voir ce grand Autheur, mais ie n'ose paroistre
Deuant ce Goliath, en sçauoir si profond.

CLEANDRE.

Ton interruption me trouble, & me confond;
N'en peux-tu pas juger dessus cette Coppie?

CLIDAMIS.

Ie n'ay pas comme toy, l'idée haute & hardie.

CLEANDRE.

Puis donc que tu ne peux conceuoir bien ou mal,
Ie te le feray voir en propre Original.
Ie l'apperçoy déja; tiens, le voila qui passe,
Il vient droit deuers nous.

CLIDAMIS.

Par où?

CLEANDRE.

Par la Ruë basse.

CLIDAMIS.

Lequel est-ce des deux? ie ne le connois point.

CLEANDRE.

C'est celuy qui des deux réplit mieux só pourpoint,
Ce gros *Ventripotens*, Nourisson de Minerue,
Dont l'Esprit trop enflé, fait que presqu'il en creue:
Il s'approche de nous.

CLIDAMIS.

Ie commence à le voir:
C'est donc ce Baudrier, garny de frange, noir?
Celuy qui me paroist des deux le plus vieil d'âge,
Il tient ferme son rang, il prend son auantage
Sur le haut du paué.

CLEANDRE *bas.*

Oüy, c'est luy, justement.

CLIDAMIS.

La peste! il a la mine & le port d'vn Flamand,
Il va baissant le nez comme vn Porc qui se carre:
Sa garniture aussi me paroist bien bizarre;
O Dieux! quelle couleur celle de son habit!
Il n'a point de Perruque, il est tout interdit,
Il ressemble à.... ma foy, ie ne puis dire comme.
On diroit, à le voir, qu'il n'a iamais veu d'Homme,

Tant pour me côtempler, il ouure ſes grands yeux:
Mais, dis-moy, n'eſt-ilpoint du nôbre des Coppieux?
Et ſon Comite auſſi, quel eſt-il?

CLEANDRE.

Nicodeme.
Mais parlant de Coppieux, tu le deuiens toy-méme;
Tu viens, ſans y penſer, de faire vn tel Portrait,
Qu'on pouroit t'ériger en Coppieux tres-parfait:
Dans ton ébauchement tu m'as beaucoup fait rire.

CLIDAMIS.

C'eſt peut-eſtre que l'air d'icy que l'on reſpire,
Rend naturellement tous les Hommes Coppieux:
Mais blâmeras-tu point mon deſir curieux?
Et ne ſçauray-je point quel eſt ce Perſonnage,
Qui nous montre ſi bien le nez de ſon viſage?
Ils ſont enſeuelis dans vn long entretien
Qu'ils ne peuuent quitter.

CLEANDRE.

C'eſt Saint Roch, & ſon Chien;
Et iamais on n'a veu Gens moins inſéparables.

CLIDAMIS.

Ces grandes vnions ſont fort conſiderables:
Mais Nicodeme eſt-il vn Homme de renom?

CLEANDRE.

Aminte eſt ſatisfait, qu'il réponde, oüy, non,
Dans la neceſſité, ſelon qu'il luy demande,
Ou ſelon que la Piece eſt plus courte, ou plus grande;
Car tu n'ignore pas qu'Aminte eſt l'Orateur,
Que l'Auditeur eſt l'autre, & ſon Admirateur.

CLIDAMIS.

Pourquoy ce nom d'Aminte? il me choque l'oreille,
Eſt-ce luy qui l'a pris?

CLEANDRE.

Ce n'eſt pas ſans merueille,

Et c'eſt par là qu'on voit qu'il a bon jugement.
Peut-on en inuenter vn qui ſoit plus charmant?
Fait-il pas aſſortir les noms à la perſonne?
Vois-tu pas qu'il auoit l'intention tres-bonne?
Qu'vn Homme côme luy, qui n'a rien du commun,
Ne doit pas prendre vn nom difficile, importun,
Trop rude à prononcer? luy que l'affaire touche,
Pourroit peut-eſtre vn jour ſe déboiter la bouche;
A le trop repeter, ſe rompre le goſier?   (ſier,
Il a beaucoup mieux fait d'en prêdre vn moins groſ-
Peut-eſtre qu'vn moins doux luy eut dôné la Goute.

CLIDAMIS.

Retirons-nous d'icy, crainte qu'il nous écoute.

CLEANDRE.

Tu dis vray, Clidamis, tirons-nous à l'écart,
Du diuertiſſement nous aurons noſtre part.

SCENE II.

AMINTE, NICODEME, CLEANDRE, CLIDAMIS *cachez*.

AMINTE.

SI Paris a l'honneur de voir naiſtre des Hommes,
Des Eſprits releuez dans le Siecle où nous ſômes,
Nous pouuons dire auſſi qu'il produit des Badauts
Confits dans l'ignorance, & bouffis de defauts:
Tel eſt le ſentiment qu'on peut auoir d'Oronte,
Dont la plume & le nom me font rougir de honte;
Ce jeune Rimailleur, par vn crime nouueau,
S'eſt temerairement fait relier en Veau:

Il a crû, s'érigeant en Poëte fort celebre,
Que la Satyre estoit vne Oraison funebre;
Et s'est imaginé qu'il excelloit dans l'Art,
Que le grand Apollon communique à Foussard.
On dit (& ie le sçay) que la noble Poësie
Est vn Feu tout Diuin, ou Celeste Folie,
Qui rauit les Esprits, qui captiue les sens,
Et qui traisne apres soy des plaisirs rauissans:
Mais la sienne n'a rien de ce Feu magnanime
Qui remplit la vertu d'vn Poëte, qui l'anime,
Et qui luy fait gouster vn Nectar plein de miel
Qui le conduit à pied, jusqu'au cinquiéme Ciel.
Aussi ie n'apperçoy dans ses Burlesques nulles,
Que des injures basses, ou saillies ridicules,
Qui font voir à regret qu'vn Nouice insolent
Ne sçauroit offenser vn braue Homme, vn Galant;
Car il faudroit auoir vn Esprit sans chemise,
Pour se sentir piqué de sa sotte sottise:
Il faudroit mesme auoir indigence d'Esprit,
Pour jetter de bon œil les yeux sur son Ecrit.
Il a pourtant voulu que tout le Monde croye,
Que ses Vers déchirez estoient des Vers à soye,
I'en ay leu quelques-vns auec tant de dégoust,
Que ie les ay trouuez sans pointe & sans ragoust:
Ce qui m'a fait courir d'vne ardeur nompareille,
Aux œuures du Diuin & du Sage Corneille,
Comme au vray Lenitif, au vray Contrepoison,
Afin de réintegrer en mon Chef ma raison:
I'ay tres-bien reconnu par sa boufonnerie,
Qu'il ignoroit encor la fine raillerie;
Et que si ce Nouice (Icar audacieux)
Eût eu beaucoup d'Esprit, qu'il seroit dangereux;
Qu'il écriuoit malgré Minerue & la Nature,
Sans pratiquer des Vers la regle & la mesure;

Et que fa jaloufie à profeffer cet Art,
L'auoit follicité de fuiure *vn Veau Foußard.*
J'ay fans doute obferué (ie le dis à ma honte.)
Vn filence muet fur ces defauts d'Oronte,
Et i'ay fait par pitié qu'aucun Poëte n'a pas
Crié, qu'Oronte auoit les oreilles à *Midas.*
Quoy! pouuoit-on, Meffieurs, l'obliger dauantage,
Qu'en luy donnant l'auis de deuenir plus fage ?
Car le foin que ie prens de donner des auis,
Fait que bons & mauuais, aucuns ne font fuiuis.
Il déuroit s'enfermer dans vne Nuit profonde,
Plutoft que de chercher le jour & le grand Monde;
Et s'il auoit encor vn refte de pudeur,
Il deuroit à mes Vers faire vn peu plus d'honneur,
Il deuroit fuprimer fa Rime criminelle,
Refpecter mes Ecrits d'vn hommage fidelle;
Mais l'infolent qu'il eft, par fes indignes traits,
S'attaque, & contredit à mes riches Portraits:
Ne fçait-il pas encor que ma verve excellente
Eft d'vne qualité copieufe, abondante?
Que ie me puis vanter à tel jour qu'aujourd'huy,
Que, fans comparaifon, ie vaux bien mieux que luy?
CLIDAMIS à part.
O le plaifant Faquin! bon Dieu, comme il raifonne!
AMINTE.
Nonobftant tout cela, ma bonté luy pardonne;
Et priuatiuement, par vn Dogme inoüy,
Ie le veux conferuer & combler d'honneur.
NICODEME.
Oüy.
AMINTE.
Mais fous condition qu'il fera fes excufes
Au Diuin Apollon, à fes Sœurs les neuf Mufes;

Qu'il aura du passé le repentir tres-bon,
Et qu'il ne fera plus deformais le fat.

NICODEME.

Non.

AMINTE.

Car il est à propos, pour la faute commise,
De garder vn peu l'ordre auec ces Gens d'Eglise:
Ie crains son stile aisé, burlesque, & réjoüy;
S'il m'alloit insulter, ie serois perdu.

NICODEME.

Oüy.

AMINTE.

Vne humeur pacifique est bien plus à la mode;
Vn Homme de Palais souuent nous incommode,
Sa plume est pire encor que le bruit d'vn Canon;
Vn Aduocat en teste, est vn Diable.

NICODEME.

Oüy, non.

CLIDAMIS à part.

O Dieux! que son discours est remply de verille!
Voyons-le de plus pres : i'enrage, ie petille,
Du désir empressé que i'ay de l'aborder:
Fais-luy ton compliment.

CLEANDRE bas.

Ie ne puis m'hazarder;
Il n'est pas encor temps de faire nostre approche.

CLIDAMIS.

Sortons, ie voy qu'il tire vn papier de sa poche.

✯✯✯✯✯✯✯✯✯:✯✯✯✯✯✯✯✯✯✯✯

SCENE III.

CLEANDRE, CLIDAMIS, AMINTE, NICODEME.

CLEANDRE.

Aminte, ie ſçay bien que c'eſt infirmité,
De s'approcher de vous ſans l'auoir merité;
Que pour le meriter, il faudroit eſtre vn Homme
Remply du Dieu Bacchus, ennemy de la Pomme:
Cet hôneur eſt ſi grãd, qu'il doit m'eſtre biẽ doux....

AMINTE.

Soyez le bien trouué, ie m'en allois chez vous,
Pour vous offrir encor' vne Piece nouuelle   *Il luy*
Que ie fis hyer au ſoir tout tard à la chandelle *dõne*
Sur vn tres-beau Sujet profitable & plaiſant, *vn pa-*
Vn petit mot d'auis fait pour vn Médiſant: *pier.*
Auant que de le lire, apprenez-en la cauſe....

CLEANDRE.

Traittez-vous ce Sujet en Vers, ou bien en Proſe?
Car l'on eſt grandement amoureux de vos Vers;
Pour en attraper vn, faut courir l'Vniuers:
Vous auez le renom d'eſtre excellent Copiſte.
Mais qu'eſt-ce tout cela? juſtes Dieux! *quelle Liſte?
Auez-vous entrepris de nous en accabler?

*Aminte tire de ſa poche vne quantité de ſes œuures.

AMINTE.

Non, non.

CLEANDRE.

La quantité me fait déja trembler,

B

Et voila bien pour moy pour vn mois de lecture;
Ie n'ay pas comme vous ce grand don de Nature,
Car l'on sçait que vous estes (& i'en suis tres-certain)
De ce que vous lisez, l'Autheur, ou l'Escriuain.

AMINTE.

Si vous me refusiez, vous seriez peu traitable:
Non, non, ne craignez pas que si peu vous accable,
Vn Braue comme vous ne manque pas d'Amis,
Vous en distriburez quelques-vns.

CLEANDRE *bas.*

Clidamis,
Vois-tu le procedé de ce fou Personnage?
haut. Si tu t'en veux charger, faisons-en le partage,
Aminte est liberal, il en donne à foison.

CLIDAMIS.

Te les oster des mains, ie n'aurois pas raison,
I'aime mieux m'en passer.

AMINTE *à Cleandre.*

Non, non, gardez les vostres;
Si Monsieur en desire, il en reste encor d'autres,
Il en donne tout autant à Clidamis,
Et ie sens en auoir quelque douzaine icy,
Et chez mon Imprimeur, chez mon Libraire aussy,
Car i'en fais de chacun tirer plusieurs centaines.
Il sort auec Nicodeme.

CLEANDRE.

C'est aussi pour cela qu'il les donne à douzaines,
Qu'il fournit de papier la Ville & les Fauxbourgs;
Cela nous est commun, il en fait tous les jours;
Et ie croy, sur ma foy, que sans son ministere,
Chacun auec ses doigts torcheroit son derriere:
Mais pour nous voir chommer, il est trop obligeant.

CLIDAMIS.

Comment donc, tout cela ne couste point d'argent?

CLEANDRE.

D'argēt! te moque-tu? Voit-onquelqu'vn en France
Plus large par le dos? Il fait cette dépense.
Luy feul il entretient, quand il eſt en humeur,
Libraire, & Porte-colle, & le Maiſtre Imprimeur.

CLIDAMIS.

Sō depart bruſque & prōpt hors de noſtre preſence,
Nous apprend qu'il eſt fou juſqu'à l'extrauagance:
Il en eſt plus de trente aux Petites-Maiſons
Qui nous auroient fait voir autrement leurs talons.
Mais pour ne point paſſer tout à fait pour Beliſtres,
De tous ces beaux larcins voyōs au moins les tittres.
Voicy donc comme à toy, l'Auis au Médiſant.

CLEANDRE.

Sans doute que l'Auis ſera fort rauiſſant:
Mais paſſe outre.

CLIDAMIS.

Voicy, ie penſe, vne Elegie
Contre Ianſenius; auec l'Apologie
Du Langage poly que l'on parle à la Cou...

CLEANDRE.

Qu'eſt-ce qui ſuit apres?

CLIDAMIS.

Vne Piece d'amour,
C'eſt pour la belle Iris vne autre Apologie.

CLEANDRE bas.

Il nous viendra peut-eſtre encor vne Elegie.

CLIDAMIS.

Non, non, ce ſont des Vers ſur la mort de l'Infant.

CLEANDRE.

Que nous vient-il apres?

CLIDAMIS.

C'eſt vn Amour naiſſant,
Qu'il appelle autrement, l'Amour de Sympathie.

B ij

CLEANDRE *à part.*

Vne Table iamais ne fut mieux aſſortie.
Acheue donc.

CLIDAMIS.

Voicy quelque Ouurage Diuin,
Vn Poëme compoſé ſur noſtre grand Dauphin,
Qu'il a fait ſur le champ au jour de ſa naiſſance.

CLEANDRE.

Ce jour eſt glorieux pour toute noſtre France:
Mais pourſuis, qu'eſt-ce là?

CLIDAMIS.

Cela, c'eſt vn Portrait,
Où ie ſuis aſſeuré qu'il n'y manque aucun trait,
Puis que c'eſt le Portrait de la belle Lucie.

CLEANDRE.

Ie n'ay iamais rien veu de plus plat en ma vie,
Tourne, & tu trouueras ſon accompliſſement;
Ie veux eſtre berné comme vn fat, ſi ie ment.

CLIDAMIS.

Tu dis vray, le voicy: mais c'eſt perdre mes peines,
Laiſſons cela.

CLEANDRE.

Non, non, qu'eſt-ce apres?

CLIDAMIS.

Des Etreines.
Qu'il preſente à la meſme : En ſuite eſt vn Echo;
La rime eſt difficile ; à moins que dire écot,
On ne la peut trouuer; mais c'eſt trop d'vne lettre.

CLEANDRE.

Dans vn coup de beſoin cela ſe peut permettre;
Vne lettre eſt trop peu pour captiuer les gens.
Qu'eſt-ce qui ſuit?

CLIDAMIS.

Ce ſont les diuertiſſemens.

De la mefme, ie croy, la Danfe & la Guitarre.

CLEANDRE.

C'eft icy juftement que le Poëte s'égare,
Tant il eft abforbé dans les comparaifons:
Mais c'eft trop difcourir, vifte, à d'autres, paffons,
Que refte-t'il encor?

CLIDAMIS.

Vne Galanterie

D'vne Fille mafquée.

CLEANDRE.

Ho ho, c'eft pour Lucie.

CLIDAMIS.

Cette Belle, fans doute, eft vne rareté.

CLEANDRE.

Perfonne n'ofe icy contefter fa beauté:
Hors elle affurément, pas-vne ne s'en pique.

CLIDAMIS.

Voicy bien des Portraits; Le Portrait d'Angelique,
Le Portrait d'Amarante, Vranie....

CLEANDRE.

Lis encor,

Peut-eftre verrons-nous le Portrait de Medor.

CLIDAMIS.

Sont-ce des veritez, des feintes, ou des Farces?

CLEANDRE.

Affurément que c'eft le Portrait des trois Graces,
Chef-d'œuure de fon crû, qu'il eftime fans pair.
Mais n'as-tu point paffé le Tableau de l'Enfer?

CLIDAMIS.

Ie ne croy pas, à moins....

CLEANDRE.

Regarde, ie t'en prie.

CLIDAMIS.

C'eft vn Poëme acheué; Les beaux faits de l'Hôgrie.

B iij

bas. N'y trouueray-je point quelques petits Poulets

CLEANDRE.

Il a pillé cecy sur Monsieur Desmarets,
Au Poëme de Clouis, ou la France Chrestienne:
Toutefois il proteste & jure qu'elle est sienne,
Mais vn vol si public, qui pouroit l'endurer?

CLIDAMIS.

On le pouroit bien croire, à force d'en jurer;
Et les plus grads Autheurs sont sujets aux reproches

CLEANDRE.

Amy, fourons tous deux ces papiers dãs nos poches:
Qu'il en soit l'Inuenteur, qu'il en soit le Pédan,
Nous en voila fournis pour le moins pour vn an.

CLIDAMIS.

Mais tous ces Imprimez luy coustent la Pistole:

CLEANDRE.

Il est si glorieux de ce que son Nom vole,
(Quoy qu'il soit reputé pour vn Maistre ignorant)
Qu'il y met sans regret sa peine & son argent.

CLIDAMIS.

Il a donc des moyens autant & plus que trente.

CLEANDRE.

Ie croy qu'il peut auoir deux cens liures de rente.

CLIDAMIS.

Ce n'est pas là le bien d'vn chetif Postillon.

CLEANDRE.

On dit aussi qu'il vend sillon apres sillon,
Et qu'il s'en braue apres, si-tost qu'il a fait somme,

CLIDAMIS.

Mais ne m'as-tu pas dit qu'il estoit Gentilhomme,
Qu'il estoit le Parent de vostre Gouuerneur?

CLEANDRE *par exclamation.*

De nostre Gouuerneur! il n'a pas cet honneur.

Gentilhomme! qui luy? c'eſt donc que tu te faille?
De toute eternité ſa Mere eſt à la Taille:
Apprens qu'en cette Ville il n'en eſt pas vn ſeul,
Tout eſt examiné, purgé comme vn Linçeul.

CLIDAMIS.

Vos Barons toutefois ſe piquent de Nobleſſe.

CLEANDRE.

Permets que ie te quitte, vne affaire me preſſe;
Auſſi bien i'apperçoy deux de nos fiers Barons;
Déſigne-moy l'endroit où nous nous trouuerons,
Au Ieu de Paume, au Mail, au Billard, dans la Ruë;
Car ma peine en cela ne peut eſtre perduë,
Et ie ſuis preſt d'aller par tout où tu voudras.

CLIDAMIS.

Trouuons-nous en ces lieux, & fuyons l'embarras.

CLEANDRE.

Dás vne heure au plus tard, on m'y verra t'attendre,

CLIDAMIS.

Ie ne manqueray pas le premier à m'y rendre.

SCENE IV.

IOVVELIN, POLEANDRE.

IOVVELIN.

BAron, n'as-tu point veu ce nouuel Inconnu
Qui depuis ce matin en ces lieux eſt venu?

POLEANDRE.

Ie ne le connois point, Iouuelin, ou ie meure.

IOVVELIN.

C'eſt celuy-là qui vient de ſortir toute à l'heure;

Cléadre eſt auec luy. Mais quoy! toûjours Bourgeois,
Toûjours en meſme état? Pour vn Baron Fléchois
I'ay pitié de te voir en ce deſordre extréme.

POLEANDRE.

Iouuelin, n'eſt-ce pas ton vray Nom de Baptéme,
Dequoy t'auiſes-tu maintenant d'en changer,
Et depuis quand cela?

IOVVELIN.

          Tu me fais enrager,
Ie ſuis tres-bon Baron.

POLEANDRE.

          Baron, toy? ie le nie:
Où Diable aurois-tu donc peſché ta Baronnie?

IOVVELIN.

Sçais-tu pas que ie ſuis le Baron des Eſſars?

POLEANDRE.

Ce Titre t'eſt venu ſans peine & ſans hazars;
Ie ſçay que les Eſſars eſt vne Métairie.

IOVVELIN.

As-tu donc réſolu de me mettre en furie?
Baron, quoy qu'il en ſoit, appelle-moy Baron.

POLEANDRE.

Il faut donc t'appeller le Baron Potiron,
Venu dans vne nuit.

IOVVELIN.

          Ah! ie créue de rage;
Défais-toy, ſi tu peux, de ce groſſier langage,
Appelle-moy Baron, morbleu, Baron tout cour:
Sçache qu'il n'en eſt point de mieux fait à la Cour.

POLEANDRE.

Ta Nobleſſe pourtant, & la mienne, ſont minces.
Qui voudroit éplucher icy dans nos Prouinces
Tous les Vſurpateurs du Titre d'Ecuyers,
Le nombre ſeroit grand des Nobles Roturiers;

Nous sommes fortement menacez de la Taille,
Et Monsieur l'Intendant doit purger la Canaille
Par vn ordre absolu qu'il a receu du Roy.

IOVVELIN.

Cela nous est à cœur, mais plus à moy, qu'à toy.
Depuis quatre ou cinq ans no^s estiós hors des Rolles;
Mais la Taxe nous va couster quelques Pistolles,
Et celle de mon Pere est de dix-huit cens francs.

POLEANDRE.

En effet, on ne voit par tout que des Sergens
Qui battent tour à tour le Fer à la Campagne.

IOVVELIN.

On voit par-cy, par-là, quelqu'vn qui s'en épargne:
Le Commis m'a pourtant promis, que volontiers
Il feroit ses efforts pour en rabatre vn tiers;
Ainsi de dix-huit cens, ne resteroit que douze.

POLEANDRE à part.

Six cês frâcs pour ton Pere, autant pour son Epouse,

IOVVELIN.

Cela ne conuient guere à nous autres Barons;
Mais peut-estre en payant, que nous en sortirons;
Dans trois jours au plus tard mó Pere en sera quitte.

POLEANDRE.

Mais les quatre-vingts frâcs qu'il faut payer ensuite,
Qui les payra pour luy?

IOVVELIN.

Comment, quatre-vingts francs?

BOLEANDRE.

Oüy, oüy, quatre-vingt frâcs, qu'il payra tous les ans;
I'ay le Rolle chez nous, ie sçay ce qui se passe.

IOVVELIN.

A te dire le vray, ce Tribut m'embarasse:
C'est le Diable d'Enfer, le traistte Belzebut,
Qui nous a de tout temps fait payer ce Tribut:

Sans cela nous ferions des Roys dans la Prouince,
Le Fils d'vn Prefident paſſeroit pour vn Prince;
Ie n'aurois iamais crû qu'on s'en fut pris à nous.

POLEANDRE.   *Il ſe fâche

Mais dois-tu pour ſi peu témoigner ton courroux?

IOVVELIN.

Ie ne le puis ſouffrir ; teſtebleu, i'en enrage.

POLEANDRE.

Il faut bien, malgré toy, que tu cede à l'orage;
Quand le Sort nous combat de toute ſa rigueur,
Il faut caller la voile.

IOVVELIN.

Ah! morbleu, i'ay du cœur,
Ie ne puis endurer qu'on nous mette à la Taille.

POLEANDRE.

Pour donc t'en exempter, il faut que tu t'en aille
Au plutoſt à Paris voir Meſſieurs du Conſeil.

IOVVELIN.

Il fait encor trop froid ; ie veux que le Soleil
Auparauant cela monte ſur l'Hemiſphere,
Puis ie termineray cette mauuaiſe affaire.

POLEANDRE.

Mais dans ſix mois, peut-eſtre, on n'en receura plus.

IOVVELIN.

I'aimerois mieux cêt fois marcher les deux pieds nus,
Que de me voir ainſi croupir dans la Roture.
Quoi! le moindre Bourgeois pouroit meſaire injure,
A moy qui ſuis icy le Fils du Preſident?

POLEANDRE le tirant par ſon juſte-à-corps.

Mais écoute raiſon, ne t'emporte pas tant;
Dans ce petit Reſſort on ſçait bien qui nous ſômes,
Et nous ne pouuós point paſſer pour Gentilshômes:
C'eſt vn abus, Baron ; Baron, c'eſt vn abus.

IOVVELIN.

Puis que c'eft vn abus, ie n'en parle donc plus,
Et ie veux tout à coup éteindre mon courage.
Mais à propos, parlons vn peu du Perfonnage,
De ce nouueau venu, ie le trouue mal fait.

POLEANDRE.

Mal fait, dis-tu, mal fait?

IOVVELIN.

Oüy, mal fait tout à fait.

POLEANDRE *en le prenant par le bout du nez.*

En verité, dis-moy, n'as-tu point la berluë?

IOVVELIN.

Ie n'ay pas comme toy l'ame fotte & bouruë;
I'en fçay fort bien juger, ie voy ce que ie voy.

POLEANDRE.

Ie ne remarque en luy rien qui foit mal fait, moy.

IOVVELIN.

Tu ne t'y connois pas, ma foy, tu me fais rire.

POLEANDRE.

Y trouue-tu, dis-moy, quelque chofe à redire?

IOVVELIN.

C'eft qu'il n'a point d'Efprit.

POLEANDRE.

Le connois-tu?

IOVVELIN.

Non pas:
Mais à le voir marcher, ie voy qu'il n'en a pas.
Si tu ne m'en veux croire, apprens-le de Cleandre.

POLEANDRE.

Ton Seruiteur, adieu.

IOVVELIN.

Adieu donc, Poleandre.
Mais écoute, à propos, ie te veux dire vn mot. *En le*
retenant par le bras,

POLEANDRE.

Ie suis trop ennuyé d'entretenir vn Sot;
Ton Esprit mal timbré fait que ie me retire.

IOVVELIN.

Ie raisonne fort bien ; c'est que ie te veux dire,
Ie te veux dire, dis-je, amplement son defaut:
On m'a dit qu'il estoit de Paris, ce Badaut.

POLEANDRE.

Mon pauure Iouuelin, que ta sottise est grande!
Pour estre de Paris?

IOVVELIN.

                    O la belle demande!
Ne sçais-tu que cela?

POLEANDRE.

                    Bons Dieux, le sot Lourdaut!

IOVVELIN.

Puis qu'il est de Paris, faut bien qu'il soit Badaut.

POLEANDRE.

As-tu perdu l'Esprit? seras-tu toûjours Beste?
N'as-tu point cette nuit couché le cul nu teste?
Ton debile Cerueau sent bien l'éuaporé:
On dit vray, qu'on se doit défier d'vn poil doré.

IOVVELIN.

Qu'en veux-tu dire, toy? ma Perruque est bien blôde

POLEANDRE.

Oüy, ie sçay biẽ qu'elle est du plusbeau blôd du môde
Mais ta teste est bien fole, & tu ne le sçais pas.

IOVVELIN.

Est-ce pour me choquer, Baron, dis-moy?

POLEANDRE.

                              Non pas;
Mais pour te corriger de ton sot badinage.

IOVVELIN.

Le Fils d'vn President doit-il estre plus sage....

Ne me diras-tu point par où s'en est allé....
Voudrois-tu bien me faire vn plaisir signalé?

POLEANDRE.

Oüyda, de tout mon cœur, si la chose est possible.
IOVVELIN.
En ce que ie souhaite, il n'est rien de penible.
N'as-tu point des Amis quelque part à Paris?
POLEANDRE *en souriant.*
Oüy, i'en ay quelques-vns.
IOVVELIN.
Pourquoy ris-tu?
POLEANDRE.
Ie ris
De ta simplicité, ie ris de ta bestise.
IOVVELIN.
Sçais-tu bien que ce ris, Baron, me scandalise?
POLEANDRE.
Souffre que ie te quitte, ou dis ce que tu veux.
IOVVELIN.
Ie voudrois bien sçauoir (mais dâs vn jour ou deux)
L'état, la qualité de l'Amy de Cleandre;
Si c'est vn Gentilhomme, ou....
POLEANDRE.
Va te faire pendre;
Va chercher vn Courier (Esprit fait à rebours)
Qui s'en aille à Paris, & retourne en deux jours.
à part. O Dieux! qu'vn sot Esprit est fâcheux à combatre.
IOVVELIN.
Si ce n'est pas assez de deux jours, prens-en quatre;
Ecris-en à quelqu'vn.
POLEANDRE.
Bon, voicy du relais.

C

IOVVELIN.

Me feras-tu cela?

POLEANDRE *en s'en allant.*

Dans trois jours, ou iamais.

✻✽✻✽✻✽✻✽✻:✻✻✽✻✽✻✽✻✻✽✻✻

SCENE V.

IOVVELIN, LE COMTE DV BEL AIR, LE BARON TESTE-BOEVF.

IOVVELIN.

AH! Comte.

LE COMTE.

Ah! cher Baron.

IOVVELIN.

Grand Dieu, que i'ay de joye!
Approche-toy de moy, souffre que ie te voye.
Cet habit te sied bien.

LE COMTE.

C'est vn habit tout neuf.

IOVVELIN.

Il est beau ; Qu'en dis-tu, Baron Teste de Bœuf?

LE BARON.

Que me demande-tu? ie n'en veux point répondre,

LE COMTE.

Morbleu, ie l'ay payé. C'est dõc pour me confondre,
Ou bien pour me brauer, que tu dis à mon nez....

IOVVELIN.

Le Baron n'en a point qui ne soient retournez;
Il luy faut pardonner.

LE BARON.

Ie te demande excuse.

IOVVELIN.

Ce Baron en ces lieux passe pour vne Buse :
Parlons de ton habit.

LE COMTE.

Il montre assez bel air.

IOVVELIN.

Sans doute, on te prẽdroit pour quelque Duc & Pair :
Ta Garniture aussi n'a pas mauuaise mine,
Ce vert auec le bleu, vient bien quand il domine.
Voila comme on connoist les Enfans sans soucy. *
Qu'est-ce qui te l'a fait?　*Luy frapant sur l'épaule.

LE COMTE.

Ie l'ay fait faire icy,
En moins de quinze jours, auec assez de peine.

IOVVELIN.

On te verra tantost briller chez Lisimene ;
Et Cassandre te va regarder de bon œil.

LE COMTE.

Tu m'auoüras qu'il est bien plus guay qu'vn de deüil.

IOVVELIN.

Le deüil n'est pas toûjours ce qui nous desespere,
Et tu le porterois volontiers de ton Frere :
Ce mal ne seroit pas pour toy trop affligeant.

LE COMTE.

I'en auro is plus de biens, i'en aurois plus d'argent ;
Si i'en au ois beaucoup, ie n'en serois pas chiche.

IOVVELIN.

La mort de ton Aisné te feroit bientost riche.
Ne donnerois-tu pas, dis-moy, de tout ton cœur,
Ton Cadet, & l'Aisné, pour n'auoir point de Sœur?
Si cela t'arriuoit....

C ij

LE COMTE.

Ie croy que tu deuine.

IOVVELIN.

On te verroit bientoſt courir à la Voiſine.
Parlant d'elle, à propos, la gouuerne-tu bien?
Tu n'en bouge, ie croy.

LE COMTE.

Ma foy, ie n'en ſçay rien;
Tâtoſt bien, tâtoſt mal, ſeulemẽt pour m'aprendre
Car il eſt malaiſé de ſurprendre Caſſandre;
Elle eſt toûjours au guet le ſoir & le matin.

IOVVELIN.

Ie te croyois plus fin, mais tu n'es qu'vn Mâtin.

LE COMTE.

Pour en venir à bout, i'ay tout mis en vſage.

IOVVELIN.

Ie ſçay bien mieux que toy prendre mon auantage,
Et par là ie connois que tu n'es qu'Ecolier.

LE COMTE.

Mais comment fais-tu, toy?

IOVVELIN.

Ie me cole au Pilier.

LE COMTE.

Mais à quel endroit donc?

IOVVELIN.

Au Pilier de l'Egliſe,
C'eſt là que ie la vois, alors qu'elle eſt aſſiſe,
(Dis que ie ne ſuis pas ſon plus cher Fauory;)
Puïs pour la voir ſortir, ie vais au Pilory,
Vis à vis le Carcan.

LE BARON à part.

C'eſt vne bonne Place;
C'eſt là qu'on voit ſouuẽt faire aux Gens la grimace.

LE COMTE.

Ie n'auois pas encor trouué l'inuention,
Comme toy, de la voir.

IOVVELIN.

C'est que ta passion
Te fait le plus souuent raisonner en aueugle.

LE COMTE *au Baron.*

Baron, il faut icy, pour rimer, que tu beugle;
Car vn Poëte, sans toy, ne pourroit pas rimer.

LE BARON.

Ce n'est pas vn mestier pour me faire estimer;
Et iamais ie n'ay fait des Vers, ny de la Prose.

IOVVELIN.

Si tu n'en as point fait, ie n'en suis pas la cause.

LE COMTE.

Tu n'en as pas l'esprit, gros Blistre, gros Cheual.
A propos, Iouuelin, nous auons ce soir Bal;
Tu peux sur les huit heures, apres souper, t'y rendre.

IOVVELIN.

Ie n'y puis pas aller. En quel lieu?

LE COMTE.

Chez Cassandre:
Iodelet est icy; nous auons trois Violons.

IOVVELIN.

Ie vay tout de ce pas prendre mes hauts talons,
Pour paroistre plus grãd . Les Violõs, qui les donne?

LE COMTE.

C'est moy.

IOVVELIN.

Tout le monde en est-il?

LE COMTE.

Presque personne:
Cassandre, & sa Cloris, qui tous deux l'ont permis,
M'ont dit de n'en parler qu'à mes meilleurs Amis.

G iij

Si tu veux m'obliger, tiens la chose secrette,
Car tu sçais que la Fleche est vne vraye Gazette,
Et que Cassandre haït les Gens comme la mort,
Qui vont par-cy, par-là, faire quelque raport:
Sa reputation pouroit estre perduë,
Si par hazard quelqu'vn m'écoutoit dans la ruë;
Elle est coppieusement jalouse de l'honneur.

IOVVELIN.

Ne crains rien de ma part, ie suis son Seruiteur,
Et de sa Fille aussi. Mais vn certain Visage
N'en est-il point prié?

LE COMTE.

Quel est ce Personnage?

IOVVELIN.

C'est vn nouueau venu qui loge à Saint Martin,
Cleandre est son Amy : ie l'ay veu ce matin;
Ils sont allez tous deux, ie croy, disner ensemble.

LE COMTE.

Mais en parlant de luy, me semble que tu tremble.

IOVVELIN.

Moy? ie ne le crains pas, c'est vn Homme mal fait.

LE COMTE.

Tantost au Carrefour l'on m'a fait son Portrait.

LE BARON.

Il faut certes, qu'il soit bien ferré, ie t'assure,
S'il peut de nos Barons éuiter la censure.

LE COMTE.

S'il y vient, tel qu'il soit, enfin nous le verrons.
Pour moy, ie suis toûjours du costé des Barons;
On dit qu'il est bien fait, mais ie ne le puis croire.

IOVVELIN.

Poleandre tantost soutenoit le contraire;
Et sur le diferend que nous auions tous deux,
Nous voulions nous oster la barbe & les cheueux.

LE BARON.

Pour vn Baron, Flechois, Poleandre eſt bien lâche.

LE COMTE.

Ie ne ſuis point Baron, & c'eſt ce qui m'en fâche;
Mais ie pouray peut-eſtre vn jour le deuenir.

IOVVELIN au Comte, bas.

Tiens, tiens, voicy Cleandre, & ſon Amy, venir;
Cedons leur le paué, ie les voy qui s'auancent.

*Le Comte & Iouuelin font des pas de Balet
en s'en allant.*

***

SCENE VI.

CLIDAMIS, CLEANDRE.

CLIDAMIS.

ON diroit à les voir tous deux marcher, qu'ils
danſent.

CLEANDRE.

Ils peuuent bien danſer, ils ont le Bal ce ſoir.

CLIDAMIS.

Y pourions-nous aller? ne ſçaurois-je le voir?
Le Bal eſt vn plaiſir le plus doux de la vie.

CLEANDRE.

Ie feray le requis, pour plaire à ton enuie.

CLIDAMIS.

De grace, explique-moy qui ſont ces trois Barons
Qui viennent de paſſer? ils ſont bien fanfarons;
Ce n'eſt pas là, ie croy, le Baron Nicodeme.

CLEANDRE.

Amy, quand ie déurois parler contre moy-même,

Ie veux t'en informer. Ce premier que tu vois
Eſt le Coq du Village, & des Barons Flechois,
Glorieux comme vn Paon, par tout inſuportable,
Hautain, ambitieux, & jaloux comme vn Diable:
Bref, il ſuffit qu'il ſoit le Fils du Preſident,
Pour te dire en vn mot que c'eſt vn impudent,
Vn Breteur fanfaron qui fait par tout le Maiſtre.

CLIDAMIS.

Son geſte & ſa façon le font aſſez connaiſtre.
Le ſecond, quel eſt-il? dis-moy.

CLEANDRE.

         C'eſt vn Manceau,
Vn ſoûpirant d'amour qui fait fort bien le Veau,
Car on le voit toûjours aux pieds de nos Donzelles;
Il ſeroit bien fâché qu'vn autre approcha d'elles,
Il s'y tient tout fiché, toûjours le nez en l'air;
Auſſi le nomme-t'on le Comte du Bel-Air.

CLIDAMIS.

Se pique-t'il auſſi de brauoure & d'adreſſe?

CLEANDRE.

Eſt-il vn ſeul Manceau qui ſoit d'vne autre eſpece?

CLIDAMIS.

Et l'autre, quel eſt-il?

CLEANDRE.

         C'eſt vn Original
Qui porte vn nez tout propre à mettre au Carnaual,
Vn Baron fort bien fait pour tirer la Charruë.

CLIDAMIS.

Mais a-t'il de l'Eſprit?

CLEANDRE.

         Tout autant qu'vne Gruë.

CLIDAMIS.

Ainſi donc, vos Barons ſont de ſots Courtiſans.

CLEANDRE.

Dis plutoſt qu'ils ſont tous Ruſtiques & Païſans.

CLIDAMIS.

Poleandre pourtant me ſemble eſtre hors de Page.

CLEANDRE.

Poleandre eſt le ſeul qui peut paſſer pour ſage:
Tous les autres ne ſont que des Caſaniers,
Que des Coureurs de nuit, de vrais Cuiſiniers.

CLIDAMIS.

Quoy! la Ieuneſſe icy vit dans la nonchalance?
Ie croyois rencontrer en ces lieux l'abondance,
Serenades, Feſtins, Ieux, Plaiſirs, Triolets,
Grandes Colations, Concerts, Danſes, Balets,
Et tout ce que l'Amour (à la gloire des Dames)
Pour auoir des faueurs, inſpire aux belles Ames.

CLEANDRE.

C'eſt en vain t'emporter en diſcours ſuperflus,
Ailleurs bon : mais icy, le temps paſſé n'eſt plus:
Il eſt vray qu'autrefois vne Illuſtre Nobleſſe,
Pour paroiſtre en ces lieux, faiſoit ample largeſſe:
Ce n'eſtoit chaque jour (outre les penſiōs)
Que liberalitez, que des profuſions:
Dans ce tēps, qui n'eſt plus, la dépenſe eſtoit prōpte,
Chaque Habitant d'icy faiſoit fort bien ſon cōpte;
C'eſt par là que pluſieurs ſont deuenus aiſez,
Que nos Barons Flechois ſe ſont Baronniſez;
Et pluſieurs, ſans cela, de ces Barons inſignes,
Seroient ſur nos Coſteaux à trauailler aux Vignes;
Car il eſt pour conſtant, que nos plus fiers Barons
Sont Fils, ou Petits-Fils, iſſus de Vignerons.

CLIDAMIS.

Quoy! les plus hauts hupez des Barons de la Fleche,
Vos Coppieux, ſont ſortis de la Serpe & la Beſche?

Certes, ie les croyois Nobles comme le Roy:
Mais c'eft peut-eftre auffi que tu te ris de moy.

CLEANDRE.

Tout ce que ie te dis, eft la verité méme.

CLIDAMIS.

Ma foy i'en fuis rauy, ma joye en eft extréme,
I'en feray mon profit: mais.changeons de propos
Et laiffons pour vn temps les Barons en repos.
Ie connois trop à quoy ton amitié m'engage;
Te déguifer mon cœur, c'eft te faire vn outrage:
Croirois-tu cher Amy, que ie fuis amoureux?

CLEANDRE.

Amoureux! depuis quand?

CLIDAMIS.

        Depuis vne heure, ou deux.

CLEANDRE.

De qui donc?

CLIDAMIS.

Ie ne fçay.

CLEANDRE.

        La plaifante auanture!
Mais pour t'en éclaircir, fais-moy donc la peinture
De celle dont les traits (par vn fecret pouuoir)
Ont pû fi promptement te vaincre & t'émouuoir?
Pour découurir qui c'eft, en vain ie refve & cherche,
Plus i'applique mes foins aux beautez de la Fleche,
Moins ie trouue en ce poinct mon Efprit fatisfait,
Car nous n'auons icy rien qui vaille en effet,
(A moins que ce ne foit l'aimable Lyfimene)
Car pour Amarillis, Clorinde, Celimene,
Roxelane, Daphné, Berenice, Cloris,
Mauricette, Argenie, Arthúfiane, Iris,
Angelique, Amaranthe, Acarife, Vranie,
Telamire, Ameftris, Climene, Parthenie,

Et cent autres encor que ie ne puis nommer,
Ne sont pas des Beautez dignes de te charmer.
CLIDAMIS.
De toutes celles-là, ie n'en connois aucune;
Mais celle-cy n'est pas vne Beauté commune;
L'inuincible pouuoir de ses charmes puissans,
Excite dans mon cœur le trouble que ie sens;
Pour te la peindre, en vain mon ame s'éuertuë.
CLEANDRE.
Mais où l'as-tu pû voir?
CLIDAMIS.
Elle estoit dans la Ruë,
Au moment que tous deux nous sommes separez:
D'abord que ie l'ay veu, tous mes sens égarez,
Et mes yeux attachez sur cet objet aimable,
M'ont forcé d'auoüer qu'elle est incomparable,
Qu'elle est sans contredit le chef d'œuure des Cieux:
Tout autant que i'ay pû, ie l'ay suiuy des yeux;
Lors que coupant chemin au bas de l'autre Ruë,
I'ay perdu tout espoir, en la perdant de veuë,
Et ie n'ay ressenty (Iuge de ma douleur)
Qu'vn triste desespoir qui m'a saisi le cœur.
Cleandre, cependant, elle m'est inconnuë.
CLEANDRE.
Amy, consoles-toy, tu ne l'as point perduë;
Et ie me trompe fort, ou dés ce mesme soir,
Auant le Bal finy, tu pouras la reuoir:
Prens jusqu'a ce temps-là ma foy pour assurance.
CLIDAMIS.
Ce moment tarde trop à mon impatience:
Mais pourtant, si i'en croy ton fidelle rapport,
Tous les Barons Flechois se diuertissent fort:
Le Bal, & le Billard, le Vin, la bonne chere,
Sont pour eux des plaisirs....

CLEANDRE.

Qui ne leur couſtent guere,
Dés qu'il arriue icy quelque idiot d'Etranger,
Ils ſont fort aſſurez de bien boire & manger:
Tant qu'il a de l'argent, chacun luy fait careſſe,
N'en a-t'il plus, chacun l'abandonne & le laiſſe,
Noſtre Poëte, ſur tous, ſçait ſi bien ce meſtier,
Qu'il courtiſe à deſſein juſqu au moindre Ecolier,
Il a ſi bien appris d'enfiler des razades,
Qu'apres ſix pots de Vin, il fait encor gambades,
Et ie ſuis aſſuré que dans vn ſeul repas,
Quatorze pintes, & plus, ne le ſaouleroient pas.
Enfin nous n'auons point de goſier dans la Feche,
Plus prompt à deuorer, ny de langue ſi ſeche.

CLIDAMIS.

Cleandre?

CLEANDRE.

Que veux-tu ?

CLIDAMIS.

Ne me diras-tu pas
Qui ſont ces Dames-là que i'apperçoy là-bas?

CLEANDRE.

Ou donc ?

CLIDAMIS.

Iette les yeux juſqu'au bout de la Ville,
C'eſt, ſi ie ne me trompe, vne Mere & ſa Fille,
Ie les ay veu ſortir de ce petit Conuent.

CLEANDRE.

Ne peux-tu deuiner qui c'eſt?

CLIDAMIS.

Dy-moy comment
Ie pourois diſcerner des Dames ſous le maſque?

CLEANDRE.

N'en peux-tu pas juger aux couleurs de ce Baſque

Qui les suit pas à pas?

CLIDAMIS.

A quoy bon m'en soucier?
Pour deuiner qui c'est, faudroit estre Sorcier.
Comment les nomme-tu?

CLEANDRE.

Pauline, & Celimene.

CLIDAMIS.

Ie voudrois que ce fut l'aimable Lysimene:
Mais peux-tu sur vn poinct contenter mon desir?
Tâche à les aborder.

CLEANDRE.

Si c'est pour ton plaisir,
Il n'est rien que pour toy volontiers ie ne fasse,
Quand mesme ie déurois encourir leur disgrace.
Suy-moy donc de bien pres. Mais il faut t'auertir
Qu'vn tel desir souuent nous force au repentir.

CLIDAMIS.

On ne se repent point, quand on voit vne Belle,
A moins qu'elle ne soit ou farouche, où cruelle:
Contente seulement mon esprit soucieux,
Et me dis quelle elle est.

CLEANDRE bas.

Consultes-en tes yeux.

D

✱✱✱✱✱✱✱✱✱✱✱✱✱✱✱✱✱✱✱✱

SCENE VII.
CLEANDRE, PAVLINE, CLIDAMIS, CELIMENE.

CLEANDRE.

SAns doute que le Sort est pour moy bien propice
Puis que l'occasion de vous rendre seruice
Se presente aujourd'huy, quoy qu'il soit déja tard,
Madame, & ie m'en sens redeuable au hazard:
Mais pour combler mon cœur d'vne parfaite joye,
Et rendre grace au Ciel du bonheur qu'il m'enuoye,
Permettez que ie puisse, en vous donnant la main,
Vous aider à marcher le reste du chemin.

PAVLINE.

On me l'auoit bien dit, que l'aimable Cleandre
S'offroit de si bô cœur, qu'on ne peut s'en defendre
Il oblige toûjours, & sa ciuilité....

CLEANDRE *auec vne profonde reuerence,*

Ie sçay ce que l'on doit à vostre qualité,
Madame, & ce n'est là que la moindre étincelle
Par où ie puis prouuer le brazier de mon zele.

PAVLINE.

Ie suis bien obligée, Cleandre, à ce grand feu.

CLEANDRE *auec vne autre reuerence.*

Ie ne vous dis rien là qui ne soit encor peu;
Ie souffrirois pour vous le martyre à mon aise;
Vous pouuez m'éprouuer, Madame.

PAVLINE.

A Dieu ne plaise:

Mais ne fçauray-je point quel est ce Caualier
Que ie vois auec vous?

CLEANDRE *auec ses reuerences.*
                Ie ne puis oublier,
A moins que de passer tout à fait pour vn Traître,
Madame, les bontez que m'auez fait paraître.

PAVLINE.

Ie voudrois bien sçauoir quel est la qualité
De celuy qui....

    CLEANDRE. *l'interrompant auec vne reuerence.*
            Vrayment, ie n'ay pas meriré,
Madame, & ne croy pas le meriter encore,
L'honneur que ie reçois. Ie ferois bien pecore,
Si ie....

PAVLINE.
    Mais répondez à ce que ie vous dis?
CLEANDRE.

Que iamais ie ne puisse entrer en Paradis;
Que le courroux du Ciel, le foudre, & la tempeste,
Puisse déuant vos yeux tomber dessus ma teste;
Que ie fois deuoré par vn Tygre inhumain,
Plutost que de manquer à vous donner la main.
Vous sçauez que iamais cela ne se refuse.

PAVLINE.
Non, Monsieur, demeurez.
    CLEANDRE *continuë ses reuerences.*
            Ie sçay comme on en vse,
Madame; Permettez....

PAVLINE.
           Il n'en est pas besoin,
I'iray bien seule.
    CLEANDRE *auec vne reuerence.*
      Mais....

                    D ij

PAVLINE.

Mais ie ne vay pas loin.

CLEANDRE *toûjours auec ses reuerences.*

Mais pourtant vous sçauez combien ie vous réuere,
Et que ie suis tout prest...

PAVLINE *bas.*

haut.　　Ah! Dieu, quelle misere!
Non, Monsieur, demeurez, car ie ne le veux pas.

CLEANDRE.

Mais pourquoy... PAVLINE.

Mais enfin, c'est qu'il ne me plaist pas.
　　　　　　　Elle sort en colere auec Celimene.

CLEANDRE.

Puis que vous le voulez, ie n'ay rien à vous dire,
Madame.

CLIDAMIS *apres qu'elles sont sorties.*

Par ma foy, tu m'as beaucoup fait rire,
Et ie n'aurois pas crû, qu'apres ton compliment,
Tu voulusse à nos yeux changer si brusquement:
Il est aisé de voir que son humeur est prompte.

CLEANDRE.

Elle s'est retirée auec sa courte honte.

CLIDAMIS.

En effet; & ie voy qu'elle en a du soucy :
Mais quel sujet as-tu de la traitter ainsy ?
Car ie m'efforce en vain d'en penetrer la cause.

CLEANDRE.

Si tu veux m'obliger, raisonnons d'autre chose.
As-tu de Celimene obserué la beauté?
Qu'en dis-tu? parle donc dans la sincerité?

CLIDAMIS.

Cleandre, assûrément qu'elle n'est pas trop belle.

CLEANDRE.

Peste soit du Baron, qui me rompt la ceruelle.

SCENE VIII.

IOVVELIN, CLEANDRE, CLIDAMIS.

IOVVELIN *en s'approchant, & hauſſant
ſa voix de plus en plus.*

BAron, Baron, Baron, Baron encor vn coup.

CLEANDRE.

Baron, ie t'entens bien hurler plus haut qu'vn Loup,
Ie ne ſuis point Baron, change donc de chapitre.

IOVVELIN.

Hé! voudrois-tu, Baron, renoncer à ton titre?
On l'eſt bien malgré ſoy, lors que l'on eſt Flechois;
Le nom de la Maiſon eſt bon pour vn Bourgeois.
Quoy! tu voudrois, Baron, aujourd'huy t'en defédre?

CLEANDRE *releuant les cheueux de ſa perruque.*

Où vas-tu ſi poudré?

IOVVELIN.

Chez Madame Caſſandre,
Le Comte du Bel-Air, ce ſoir, y donne Bal.

CLEANDRE.

Quel eſt ce Comte?

IOVVELIN.

C'eſt le Cadet Aſdrubal.
Mais à propos, dis-moy, tu connois bien Oronte?

CLEANDRE.

Oüy, ie le connois bien.

IOVVELIN.

Il faut que ie te conte

D iij

Vn admirable tour fait à ce fot Badaut.

CLEANDRE *à part.*

Auec vn tour pareil, on fait fouuent le faut.

IOVVELIN.

Point du tout, ce n'eft là qu'vne galanterie.

CLEANDRE *bas.*

Qui conduit au Gibet.

IOVVELIN.

Ecoute, ie te prie,
Tu vas creuer de rire : Enfin c'eft Pain benis,
Quand vn peut attraper vn Badaut de Paris.
Tu fçauras qu'il eftoit dans fa Chambre en affaire
Auec vn Debiteur, & Monfieur le Notaire;
Lors qu'on vit fon épée en repos fur fon lit,
Et luy fort occupé pour faire vn mot d'écrit...
Ie croy qu'il écriuoit.... juftement vne Lettre....
(Ma foy i'en ris encor, & ne m'en puis remettre)
Lors qu'vn de nos Barons fe gliffe adroitement,
Se faifit de l'épée, & fort incontinent:
Nous eftiós dás la Court trois ou quatre à l'attendre.

CLEANDRE *à part à Clidamis.*

C'eft de cette façon qu'vn Homme fe fait pendre.
à !oя. Mais tu ne nous dis point quel en fut le Voleur,
Peux-tu pas à fon nom bailler quelque couleur,
Et fans nous le nommer, dire comme il s'appelle?

IOVVELIN.

Ce fut ce grand Vaurien de la Roche-vaudelle,
Tres-experimenté dans les tours du Gafcon;
Il n'en manque iamais.

CLEANDRE *à part.*

C'eft vn vaillant Fripon!
Mercure le fubtil, auec fa main fourchuë,
Ne fe peut pas vanter de l'auoir plus crochuë.

IOVVELIN.

Heureusement sorty, sans estre découuert;
Amis, dit-il tout bas, i'ay veu son coffre ouuert;
Ie croy qu'il peut auoir pres de deux cens Pistolles:
Il fallut opiner entre nous autres Drolles,
Chacun s'en defendoit; (tirons leur dis-je au Sort:)
Mais ce fut temps perdu ; car Oronte d'abord
S'en estant apperceu, fait grand bruit, & menace;
Et nous l'épée au poing, fuyons de bonne grace.

CLEANDRE bas à Clidamis.

Hé bien, que t'ay-je dit de nos lâches Barons?

IOVVELIN.

Il peste, il nous maudit, nous appelle Fripons;
Mais nous au Cabaret, cependant qu'il s'étrangle,
Nous fûmes bien surpris de n'auoir pas sa sangle;
Cette sangle d'argent, riche & belle à rauir....
Demy desesperez de ne la point tenir....
Car il en auoit mis vne autre fort méchante....
Pourtant chacun de nous mange, rit, boit, & chante,
Et nous diuertissions comme de vrais Galants.
Vn de nostre complot auoit surpris ses gands,
Vne heure ou deux deuant, comme il estoit à table.
Voila de nostre fait le recit veritable.

CLEANDRE.

Mais n'en craignez-vous point les informations?

IOVVELIN.

Quoy! nous autres Barons, nous nous en soucirions?

CLEANDRE.

On m'a dit qu'il auoit informé de l'affaire.

IOVVELIN.

Au Fils d'vn President, hé! que pouroit-il faire?
Nous autres jeunes gens sommes au dessus des Loix,
Cleandre, & ce n'est là que nos moindres exploits.

Nous refolumes donc, parlant de cette épée,
Que pas-vn n'auoüroit qu'elle eût efté frippée,
Et nous le foûtiendrons jufqu'au dernier foûpir.

CLEANDRE.

C'eft peu de dérober, il faut encor mentir.

IOVVELIN.

As-tu quelque intereft en cette Caufe à prendre?

CLEANDRE.

Oüy, i'y prés l'intereft qu'vn braue Hôme doit prédre.

IOVVELIN.

Ie le diray par tout, fi tu prens fon party.

CLEANDRE.

Et ie te donneray par tout le démenty.

IOVVELIN.

Ne t'emporte donc pas. modere ton courage.

CLEANDRE.

Et toy, dorefnauant, tâche à deuenir fage,
A ne te plus méler auec tous ces Fripons.

IOVVELIN.

Ie me retire, adieu, pour joindre nos Barons;
N'y veux-tu pas venir?

CLEANDRE.
En quel lieu?

IOVVELIN. Chez Caffandre.

CLEANDRE.

Ie ne me rifque pas à m'aller faire pendre,
L'on pouroit m'enroller au nombre des Fripons:
Mais pourquoy monte-tu fi haut fur tes talons?
Voila le bel effet d'vne tefte troublée.

IOVVELIN.

C'eft pour paroiftre grand deuant cette affemblée:
Menes y Clidamis, & viens quant & quant moy.

CLEANDRE.

Prens toûjours le deuant, nous irons bien fans toy.

✳✳✳✳✳✳✳✳✳✳:✳✳✳✳✳✳✳✳✳✳

SCENE IX.

CLEANDRE, CLIDAMIS.

CLEANDRE.

OVit-on iamais parler d'vne telle folie?

CLIDAMIS.

C'est l'ennemy iuré de la mélancolie.

CLEANDRE.

Parce qu'il est icy le Fils du President,
Il se croit tout permis.

CLIDAMIS.

Il a beaucoup de vent,
Et ie me trompe fort, ou sa teste est frappée.

CLEANDRE.

Mais as-tu remarqué son discours sur l'épée,
Son desordre d'esprit, son geste, sa façon.

CLIDAMIS.

Il a fait ce recit sans rime, ny raison.

CLEANDRE.

Il n'en a point du tout.

CLIDAMIS.

C'est qu'elle est endormie:
I'ay longtemps obserué sa physionomie,
I'ay medité son front, i'ay consulté ses yeux,
Son nez, sa bouche aussy, ses sourcis orgueilleux,
Son col court, son parler, & toute sa figure,
Et ie croy qu'à peu pres i'en ferois la peinture.
Reste à sçauoir son nom.

CLEANDRE.

Son nom, c'est Iouuelin.

CLIDAMIS.

Son col court nous dênote vn Esprit fort malin,
Son front marque sur luy ie ne sçay quoy de rude
Qui me fait soupçonner qu'il n'a pas grand étude:
Sa bouche me fait voir vn trou large & fendu,
Qui me rend tres-certain qu'il est vn grand goulu:
Son parler dit assez qu'il a mauuaise grace;
Son nez témoigne aussi qu'il a beaucoup d'audace,
Ses sourcils montrent trop comme il est éfronté;
Et ses yeux nous font voir qu'il n'a rien d'arresté;
Sa taille, son maintien, & toute sa figure,
Disent par tout qu'il est vn Sot en mignature.

CLEANDRE.

O Dieux! quelle Coppie! ô l'excellent Portrait!
Ie te proteste, Amy, qu'il n'y manque aucun trait,
Et que dans ce Miroir il se verroit sans peine.

CLIDAMIS.

Voudrois-tu me mener iusque chez Lysimene?
Mes Violons sont icy, qui m'attendent là-bas;
Tout le monde est entré.

CLEANDRE.

Marchons tout de ce pas,
Nous n'auons pas besoin d'vne plus grande escorte,
Entre hardiment, si-tost qu'on t'ouurira la porte,
Et sans te rebuter du Comte, & des Barons,
Pour les faire enrager, fais passer tes Violons.

SCENE X.

CLEANDRE, AMINTE, NICODEME.

CLEANDRE.

ALlez-vous, braue Aminte, à voſtre promenade?

AMINTE.

Ie vay me diuertir auec mon Camarade,
Faire vn tour dans le Mail apres noſtre ſoupé:
C'eſt là que mon Eſprit ſe ſent deſ-occupé
Du ridicule Eſprit des Barons de la Fleche:
C'eſt-là qu'auec plaiſir ie fais vne recherche
Des plus beaux ſentimés des plus graues Autheurs;
Que ie voy s'ils ſont vrais, ou s'ils ſont impoſteurs:
Si les nouueaux n'ont point dérobé ſur les autres,
Ie remonte à la ſource, & vay juſqu'aux Apôtres.

CLEANDRE.

Ce trauail eſt bien fort pour vous, & bien tuant.

AMINTE.

Ie veux vous raconter l'hiſtoire d'vn Geant,
Du temps du Roy Iorob, commandant les Armées,
Qui défit en ſix mois plus de trois cens Pigmées,
Mais il faudroit auoir beaucoup d'attention.

CLEANDRE.

Remettez à demain la Prédication.
N'allez-vous point ce ſoir au Bal?

AMINTE. Où?

CLEANDRE.

Chez Caſſandre;
C'eſt le beau rendez-vous où chacun ſe doit rendre;
Le Comte du Bel-Air y fait rage des pieds,
Et les autres Barons que l'on en a priez.

AMINTE.

Depuis six mois, & plus, ie n'entre plus chez elle,
Elles n'ont pas compris la grandeur de mon zele,
Ne leur ay-je pas fait dés bienfaits assez grands,
Comme Estreines, Portraits, Echos, Billets galants,
Lettres, Accomplissemens, Stances, Galanteries,
Dont elles n'ont souuent fait que des railleries?
Et sans m'en auoir fait aucun remerciment,
Ie n'en ay pas receu le moindre compliment.
Est-ce là comme on doit recônoistre les Hommes,

CLEANDRE.   (mes,

C'est vn cômun malheur dâs le Siecle où nous som-
Mais vous ne quittez pas tout à fait ce bel Art?

AMINTE.

Si ie l'abandonnois, ie serois bien camard:
Pour vn Moyne perdu, quoy! l'Abbaye fond-elle?

CLEANDRE.

C'est à dire en vn mot, que vous vous raillez d'elle,
C'est fort bien fait à vous, & vous auez raison.

AMINTE.

Enfin, ie ne veux plus rentrer dans sa Maison,
Et ne la voyant plus, nous serons quitte à quitte:
On ne se moque pas d'vn Homme de merite,
Ie sçay comme on doit viure, & toutes ces façons.

CLEANDRE.

Ie vous conseille aussi d'en faire des Chansons:
Mais pourquoy faisiez-vous à vostre Dédiçace
Imprimer vostre nom?

AMINTE.

       C'estoit la bonne grace,
Pour leur faire plaisir, & non point autrement.

CLEANDRE à part.

Dieu, pardonne à celuy lequel de nous deux ment.

AMINTE est si troublé de cette réponse,
qu'il sort en disant.

Ie ne puis plus rester en vostre compagnie.

CLEANDRE.

Adieu donc, seruiteur à vostre Baronnie.

✳✳✳✳✳✳✳✳✳✳✳✳✳✳✳✳✳✳✳✳✳✳

SCENE XI.

CLEANDRE *seul.*

Qvi mieux que luy sçauroit s'esquiuer à propos?
Pour vn Homme ventru, voyez qu'il est dispos;
Il ne consulte point d'enfiler la venelle;
Vn mot de verité luy tourne la ceruelle;
Dés qu'on pense parler de ses galimatias
D'imprimez, il vous.... mais il reuient sur ses pas.

✳✳✳✳✳✳✳✳✳✳✳✳✳✳✳✳✳✳✳✳✳✳

SCENE XII.

CLEANDRE,

AMINTE, & NICODEME, *rentrent*
sur le Theatre.

CLEANDRE. (vîte?)

HE' bien, Seigneur Aminte, où courez-vous si
Il n'est pas l'heure encor de chercher vôtre gîte;
Auez-vous déja fait vostre tour dans le Mail?
C'est estre bon Piéton.

AMINTE.

Ie viens sous ce Portail,
Pour vous communiquer encor vne autre Piece.
C'est le Portique du Carrefour de la Fleche.

E

CLEANDRE.

En Profe, ou bien en Vers?

AMINTE.

Vnique en fon efpece,

Sur qui n'y penfe pas.

CLEANDRE.

Sur qui ?

AMINTE.

Sur vn Cornard.

CLEANDRE.

Le titre en eft boufon, rifible, & goguenard,
Et bien imaginé.

AMINTE.

N'eft-il pas vray?

CLEANDRE.   l'auouë

Que ce pauure Cornard fait fottement la mouë;
Sans doute, il fe plaindra que vous le traittez mal
(Mais tout vous eft permis en temps de Carnaual,)
Vn Efprit tel que vous ne fouffre point de bornes.
Connoiffez-vous celuy qui fait fi bien des Cornes?
Il luy plante les Cornes fur la tefte auec fes doigts,
Qui fçait fi noblement faire germer vn front?
en riant. C'eft vous peut-eftre.

AMINTE.

Moy? me faire vn tel affront?

CLEANDRE.

Hé! quand cela feroit, pourquoy vous en defendre!
L'affront n'eft pas pour vous.

AMINTE.

Hé pour qui donc, Cleandre!

CLEANDRE.

Pour qu dõc? Hé vraymēt c'eft pour le malheureux

AMINTE.

Ie croyois, par ma foy, qu'il fut pour tous les deux.

CLEANDRE en riant.

Comment pour tous les deux? *à part.* Il eſt bon, ſur
mon ame.
Côme l'entédezvous? pour l'Hôme & pour la Féme?

AMINTE.

Ie ne dis pas cela; Ie dis que le Mary
Partage cet affront auec le Fauory:
C'eſt comme ie l'entend.

CLEANDRE à part.

Fort bien; tout ainſi comme.
Il luy tourne ſon chapeau.

Qui t'en a tant appris? En verité, pauure Homme,
Pour eſtre ſi ſçauant, faut eſtre Rimailleur.

AMINTE.

Adieu, Cleandre, adieu, ne fais point le Railleur.

CLEANDRE en le montrant au doigt.

Adieu donc. Qui voudra s'inſtruire en Cocuage,
N'a qu'à l'aller trouuer. Voila le Perſonnage.

SCENE DERNIERE.

CLEANDRE,
CLIDAMIS *rentre à grands pas*
& à grand bruit.

CLEANDRE.

Comment donc, Clidamis, quoy! déja de retour?

CLIDAMIS.

C'eſt pour te raconter vn aſſez plaiſant tour.

CLEANDRE.

Le Bal eſt-il finy?

CLIDAMIS.

Non, mais l'on a fait tréue.

CLEANDRE.

Ie ne te comprens point.

CLIDAMIS.

Il commence, & s'acheue.

CLEANDRE.

Ie penetre encor moins à ce discours obscur.

CLIDAMIS.

Sçache que mes Violons rangez contre le mur,
Tout estoit disposé de la meilleure sorte,
Quand ie m'auise enfin de frapper à la porte:
I'auois déja frappé, que l'on ne m'ouuroit pas,
Ie heurte d'abondant, & frappe à tour de bras.
Alors vient le petit Laquais, qui me demande
Qui va là? Ie dis, moy? La trouppe est-elle grande,
Me dit-il? Non, non, dis-je, & nous sômes fort peu,
Le Laquais nous voyant, deuint lors tout en feu.
Ie pousse plus auant, & i'entre dans la Salle,
(Suiuy, comme tu sçais, de mes Violons de balle)
Lors qu'vn de vos Barons, le Comte du Bel-Air,
Auec son habit neuf, faisant le Duc & Pair,
Me voyant arriué, quitte aussi-tost la dance,
Et d'vn air insolent vers moy marche & s'auance,
Sçauez-vous, me dit-il, que nous sommes Barons?
Qui vous fait amener icy de tels Violons?
Et ne sçauez-vous pas que nous auons les nostres?
Les miens sont aussi bons, luy dis-je, que les vostres.
Est-ce pour nous brauer, répondit-il? Non pas,
Luy dis-je doucement. Les tiens ne joüront pas,
Dit-il insolemment. Si ie ne leur commande,
Luy répondis-je alors : Mais vne de la bande,
La plus belle ie croy, remarquant l'air hautain
Du Comte, vient à moy, qui me donne la main.

Cela se passe ainsi. Mais, Cleandre, il m'importe
De te dire en deux mots, comment, de quelle sorte
Tout estoit disposé dans ce petit Ballet.
D'abord ie reconnus l'illustre Iodelet,
Et deux autres Violons, que le Comte peu sage
Sans doute auoit mandé tout exprés du Village,
Pour diuertir Cassandre, & les Barons Flechois:
Ce pauure Comte estoit reduit presque aux abois,
Car tu n'ignore pas combien il gesticule,
Et comment en dansant son air est ridicule.
Les Donzélles aussi, pour plaire à leurs Amans,
Auoient étudié de noueaux ornemens:
I'en vis quatre, ie croy, entr'autres Lysimene,
Fort proprement vestuë à la Bohemienne:
Chacune auoit son masque, & les crins à l'enuers,
Et ceintes par le corps d'écharpes en trauers;
Telles (comme autrefois on voyoit les Bergeres.
Errantes par les Bois, les Prez, & les Fougeres,
La gorge découuerte, & les cheueux épars,
Capables d'amolir la fierté du Dieu Mars.)
La chose en cet état, ie danse ma Courante,
D'vne façon pour moy beaucoup indiferente;
Car me sentant piqué contre ces sots Barons,
Ie donnois, bien que mal, la regle à mes talons.
Apres auoir dansé, ie remene en sa place
Celle qui m'auoit pris ; mais vne autre disgrace
Me suruient en dansant pour la seconde fois.
I'entens à mes costez tous les Barons Flechois
Qui vouloient hautement que i'ostasse l'épée,
(Pensans peut-estre entr'eux en faire vne lippée.)
Le Comte, & Iouuelin, enragez de me voir,
Par leur transport jaloux marquoient leur desespoir;
Et peut-estre déja, par ce lâche artifice,
Auoient conjointement medité leur malice;

Pour (ayant difpofé quelques fecrets Valets)
Me faire adroitement tomber dans leurs filets,
Ie tins ferme longtemps, & par ma refiftance
I'apperceu mes Barons qui perdoient contenance,
(Accoûtumez d'vfer en ces déguifemens
D'vn pretexte d'honneur pour excroquer les gens)
Et difoient (pour couurir leur attente trompée)
Qu'ils n'auoient iamais veu danfer auec l'épée.
Mais, Cleandre, tu fçais que ce n'eft qu'vn Couteau
Regarde.　　　CLEANDRE.
　　　Ie le vois, & le trouue fort beau:
Mais côme as-tu dôc fait d'en fortir chauffes nettes
Car nos Barons Flechois ne portent que des Brettes
Dont ils fe feruent bien quãd ils font vingt côtre vn,
Et qu'ils ont aualé beaucoup de Vin commun:
C'eft le charme attirant....
　　　CLIDAMIS.
　　　Qu'vn braue Homme détefte,
Ecoute feulement, & tu fçauras le refte.
Ces Barons eftoient donc campez autour de moy,
Penfans par leur grand bruit me donner de l'éfroy,
Mais ie ne faifois pas femblant de les entendre:
Il m'a fallu ceder toutefois, & me rendre;
Et tu peux croire, Amy (fans que ie fois fufpect)
Que ce fut beaucoup moins lâcheté, que refpect,
Leur ayant donc cedé, chacun d'eux fe contente,
Et moy paifiblement i'acheue ma Courante:
Mais le Comte enragé reuient fur frais nouueaux,
Qui s'approchant de moy, releuant fes nazeaux,
Cherchoit encor vn coup à me faire incartade,
Moy déja fatigué de cette Mafcarade,
Vers Caffandre ie cours (qui me voit arpenter)
Affife en fon Fauteüil comme la Reyne Efther,
Auec ciuilité ie m'approche aupres d'elle,

Luy dis ce que c'eſtoit, l'auanture nouuelle;
Que les Barons Flechois parloient bien hautement,
Qu'ils en vſoient chez elle vn peu trop librement;
Que i'eſtois étonné qu'vne telle jeuneſſe
La traittoit en Seruante, & non pas en Maiſtreſſe,
De voir qu'en ſon logis vn petit Ecolier
Faiſoit inſolemment le brauache & le fier;
Que l'on ne vit iamais vne telle impudence.
Elle écoutoit auec aſſez de patience,
Lors que m'interrompant, d'vn ton de voix altier,
Me dit, *On fait cela dans le particulier.*
Apres vne réponſe & ſi claire & ſi nette,
I'ay délogé de là ſans tambour ny trompette.
Ainſi donc, cher Amy, ie viens pour te reuoir.

CLEANDRE.

Au Diable les Barons, i'en ſuis au deſeſpoir;
Au Diable ſoit le Comte, auec ſa jalouſie.

CLIDAMIS

Ie me ris de cela, c'eſt vne fantaiſie;
Et le plus grand malheur qui m'en peut ſuruenir,
C'eſt de n'y plus aller, & de m'en abſtenir.
De ce mal aiſément mon eſprit ſe conſole;
Car par là i'ay ſujet de tenir ma parole,
De rendre les Barons Flechois humiliez,
Et par tout faire voir tous les Coppieux coppiez.

FIN.

LE Lecteur doit eſtre auerty que le mot de Coppieux
ſi ſouuent repeté en cette Comedie, ne ſe doit prononcer qu'auec deux ſyllabes, & en ce ſens la pronon-
ciation en aura beaucoup plus de force; au lieu que ſi
l'on le prononçoit auec trois ſyllabes, l'expreſſion en ſeroit foible & languiſſante. Cela luy ſeruira encor pour
luy montrer la diference qu'il y a entre le mot de Coppieux qui ſignifie vn Homme qui coppie les actions
d'autruy, & le mot de Copieux qui ſignifie abondant.

✣✣✣✣✣✣✣✣✣✣✣✣✣✣✣✣✣

Extrait du Priuilege du Roy.

PAR Grace & Priuilege du Roy, donné à Paris
le 6. jour de Septembre   Signé, Par le
Roy en son Conseil, BARDON : Il est permis au
Sieur le Noble, de faire imprimer par tel Imprimeur ou Libraire qu'il voudra choisir, vne Piece
de Theatre, intitulée *Les Coppieux de la Fleche, ou
les Barons Flechois*, & autres œuures de sa composi-
tion, pendant le temps & espace de sept années, à
compter du jour que lesdites œuures seront ache-
uées d'imprimer : Et defenses sont faites à tous Im-
primeurs & Libraires, de les imprimer, faire imprimer, vendre & debiter, sans le consentement de
l'Exposant, ou de ceux qui auront droict de luy, à
peine aux contreuenans de trois mille liures d'a-
mende, confiscation des Exemplaires contrefaits,
& de tous despens, dommages & interests, ainsi
qu'il est porté plus au long par ledit Priuilege.

Regiſtré sur le Liure de la Communauté, le 15.
Octobre 1665. suiuant l'Arreſt de la Cour de Parlement. Signé, S. PIGET, Syndic.

Achevé d'imprimer le 27. Avril 1667.